PEANUTS

La gran aventura de Snoopy y Woodstock

Por Charles M. Schulz
Adaptado por Lauren Forte
Traducción de Alexis Romay
Ilustrado por Scott Jeralds

Simon & Schuster Libros para niños

Nueva York   Londres   Toronto   Sídney   Nueva Delhi

SIMON & SCHUSTER LIBROS PARA NIÑOS
Publicado bajo el sello editorial de la División Infantil de Simon & Schuster
1230 Avenue of the Americas, New York, New York 10020
Primera edición en lengua española, 2017
© 2017 Peanuts Worldwide L.L.C.
Traducción © 2017 Peanuts Worldwide L.L.C.
Todos los derechos reservados, incluido el derecho a la reproducción total o parcial en cualquier formato.
SIMON & SCHUSTER LIBROS PARA NIÑOS y el colofón son marcas registradas de Simon & Schuster, Inc.
Publicado originalmente en inglés en 2015 con el título *Snoopy and Woodstock's Great Adventure* por Simon Spotlight, bajo
el sello editorial de la División Infantil de Simon & Schuster.
Traducción de Alexis Romay
Para obtener información respecto a descuentos especiales en ventas al por mayor, diríjase a Simon & Schuster Special
Sales a 1-866-506-1949 o a la siguiente dirección electrónica: business@simonandschuster.com.
Fabricado en los Estados Unidos de América 0217 LAK
10 9 8 7 6 5 4 3 2 1
ISBN 978-1-4814-7810-6
ISBN 978-1-4814-7811-3 (eBook)

Este es Snoopy. Y estos son sus amigos Conrad, Olivier, Bill, Harriet y Woodstock.

Es un día tan hermoso que Snoopy, el mundialmente famoso explorador beagle, guía a su tropa en una caminata a la naturaleza.

—Charlie Brown, acabo de ver a tu perro pasar por aquí. ¿A dónde va? —pregunta Lucy.

—Lleva a sus amigos a una excursión fotográfica en Punto Lobos —le responde.

—¿A Punto Lobos? —responde Lucy—. ¿No sabe lo lejos que queda ese lugar? ¿Cómo lo va a encontrar?

Charlie Brown no está preocupado. Snoopy siempre se va de aventura.

—A ver, tropa —grita Snoopy—, vamos a revisar nuestro equipamiento. Bill, ¿qué trajiste?

Bill pía emocionado.

—¿Un compás? —dice Snoopy, sorprendido. ¿Piensas que nos vamos a perder? Woodstock, ¿qué trajiste?

Woodstock le muestra un impermeable.

—¿Un impermeable? ¿Pero si? Aquí no va a llover.

Snoopy pone los ojos en blanco mientras los demás miembros de la tropa le muestran lo que trajeron. Se deshace de una linterna de Olivier y de un botiquín de primeros auxilios de Conrad. ¡Sus amigos solo saben preocuparse!

—A ver, Harriet, ¿qué trajiste? —ladra Snoopy.

Harriet sonríe con mucho orgullo, y le muestra un plato.

—¿Un pastel de ángel con un glaseado de siete minutos? —dice Snoopy, con alivio—. ¡Bueno, me alegro de que tengamos al menos una excursionista sensata en nuestro grupo!

Antes de salir, Snoopy se asegura de que todos los excursionistas tengan sus cámaras.

—Bien —dice Snoopy y hace un gesto apuntando al bosque delante de ellos—, en nuestra excursión fotográfica de hoy, podrán tomar fotos muy bellas y quizás inusuales...

Pero cuando Snoopy se da la vuelta, ¡los excursionistas se están tomando fotos entre sí!

—¡No de ustedes mismos! —dice Snoopy. Se vuelve, y, con un suspiro, guía al grupo por el sendero.

¡Comienza la excursión! Durante la caminata, se detienen para tomar fotos de nubes esponjosas, árboles frondosos y piedras de formas raras.

Pero al llegar a un terreno con malas hierbas muy altas, Snoopy lanza una advertencia.

—Bueno, tropa, vamos a entrar a un terreno de hierbas altas. ¡Aquí puede haber serpientes! Deberíamos caminar en una sola fila...

—O... en una columna vertical —murmura Snoopy, mientras los pájaros se posan uno encima del otro sobre su sombrero.

Snoopy atraviesa el campo con gran cautela, ¡mirando a todas partes por si hay serpientes!

Una vez que han cruzado las malas hierbas, Snoopy pone a los pájaros de vuelta en el sendero. Por suerte, no se encontraron con ninguna serpiente, pero ahora el suelo es muy disparejo, y los excursionistas se están cansando. Irse de excursión no es cosa fácil.

Olivier pía una pregunta.

—¿Un bastón? —pregunta Snoopy —Tienes razón. Todos deberíamos tener un bastón.

Olivier se ofrece de voluntario para recoger bastones para todos.

Pero cuando Olivier regresa con los bastones, hay un pequeño problema: ¡son bastones para pequeñitos pájaros! *Esto no es tan útil*, piensa Snoopy mientras continúan por el sendero.

—¿Alguien podría subirse a un árbol o algo parecido y ver a dónde vamos? —pregunta Snoopy unas horas después. ¡Ya a estas alturas deberían estar muy cerca de Punto Lobos!

Bill se pregunta en silencio si, después de todo, su compás les habría servido para algo. Es fácil perderse en el bosque.

—Harriet —dice Snoopy—, sube tan alto como puedas y

Harriet vuela hasta el ala del sombrero de Snoopy para echar una buena ojeada alrededor.

—En realidad, Harriet, esperaba que subieras un poco más alto —dice Snoopy sarcásticamente.

Aun así, ¡Harriet encuentra el sendero! Dice, entre píos, que están en el camino correcto. De hecho, ¡que ya casi llegan!

Al acercarse a la última colina, a Snoopy se le ocurre una idea.

—Cuando lleguemos a la cima —dice Snoopy entre jadeos—, nos vamos a comer el pastel de ángel que trajo Harriet.

Bill y Olivier pían su aprobación: ¡la caminata les ha abierto el apetito!

Pero Conrad pía con rabia.

—¡¿Qué?! —grita Snoopy—. ¿Por qué no nos podemos comer el pastel de ángel al llegar a la cima?

Conrad vuelve a piar.

—Porque Harriet se lo comió al pie de la colina —repite Snoopy—. Ay...

Pero Snoopy no puede quedarse bravo con Harriet por mucho tiempo. Al subir la cima de la colina, por fin están en Punto Lobos, y la vista es espectacular.

Snoopy toma una gran bocanada de aire, y mira hacia el agua.

—Ahí lo tienen, pandilla: ¡el Océano Pacífico!

Los exploradores contemplan el panorama durante un largo rato, pensando en lo hermoso que luce, hasta que Snoopy les invita a sacar las cámaras.

—Ahora quiero que tiren muchas fotos de lo que ven. Para eso es que estamos aquí —les instruye Snoopy, mientras los pájaros comienzan a tomar sus instantáneas.

Los exploradores notan que hay flores coloridas que se dan silvestres por toda la colina.

Snoopy señala una hermosa flor violeta. Bill trata de tomarle una foto, pero hay una abeja cerca de la flor. Está zumbando y revoloteando, ¡y Bill no puede enfocar bien!

—Sé cortes —le dice Snoopy a Bill—. Pregúntale a la abeja si no le importaría hacerse a un lado.

En esta ocasión es Bill quien pone los ojos en blanco.

Mientras el sol se pone y comienza a oscurecer, el famoso explorador beagle y su tropa preparan el campamento para pasar la noche.

Por supuesto, ninguna acampada está completa sin malvaviscos. Conrad toma una rama y comienza a asarlos... ¡todos a la vez!

Mientras los exploradores se preparan para acostarse a dormir, se comen una pila enorme de malvaviscos y miran al cielo estrellado.

—Miren, hay luna llena esta noche —señala Snoopy.

Los pájaros repentinamente se ponen nerviosos y empiezan a piarle a Snoopy al unísono.

—No. Los hombres lobo no existen. Eso es solo un mito —les asegura Snoopy—. ¿Pero saben quien sí sale en las noches de luna llena?

—¡El beagle lobo! —grita Snoopy, poniendo una cara escalofriante.

¡Todos los pájaros se meten en sus sacos de dormir en busca de refugio!

Snoopy se ríe a más no poder.

—Bueno, tropa, es hora de dormir —dice Snoopy después de que todos se han calmado. Uno a uno, los exploradores saltan al saco de dormir de Snoopy, y se acomodan para pasar la noche.

Qué gran día para irse de excursión con los amigos. ¡Buenas noches, exploradores!